Les jumeaux
Léa et Léo

Tome 1

François Tardif

CAR ACT ÈRE

Illustrations : Marie Blanchard
Conception graphique et mise en pages : Marie Blanchard
Consultation : Lucie Poulin-Mackey
Révision : France Lorrain
Correction d'épreuves : Sabine Cerboni
Imprimé au Canada

ISBN 978-2-89642-123-7

Dépôt légal — Bibliothèque et Archives nationales du Québec, 2008
© 2008 Éditions Caractère

Gouvernement du Québec — Programme de crédit d'impôt pour l'édition de livres — Gestion SODEC

Nous reconnaissons l'aide financière du gouvernement du Canada par l'entremise du Programme d'aide au développement de l'industrie de l'édition (PADIÉ) pour nos activités d'édition.

Canadä

Visitez le site des Éditions Caractère
editionscaractere.com

Mon chat Bilbo

Je m'appelle Léa.
J'ai six ans et demi.

Le dimanche matin,
je m'installe à la table
du salon et je dessine.

Je dessine Léo, mon frère jumeau.

Il joue du piano.

Mon chat Bilbo veut attraper mon crayon.

Je flatte son dos.

« Calme-toi mon Bilbo !

Il se sauve à toute vitesse.

Bilbo saute sur le piano. Il veut
attraper les doigts de Léo.
Léo n'est pas content. Les notes
de Léo et de Bilbo font une
drôle de musique.

Bilbo court sur le clavier.
Il veut attraper les touches
noires et blanches.

Mon dessin est fini.

Je montre mon dessin à Léo.

Il se reconnaît.

Mon frère adore mon dessin.

Tout à coup, Bilbo prend
mon dessin entre ses dents.
Il se sauve dans l'escalier.
Mon chat est très coquin.

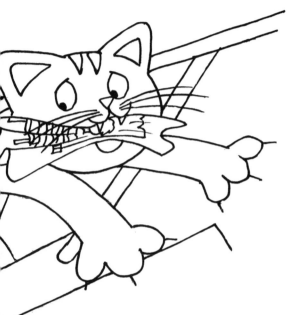

Bilbo va partout dans la
maison : dans la salle de bain,
dans ma chambre, dans celle
de Léo.

Bilbo se cache sous le lit de
mes parents. Je l'appelle,
mais il refuse de sortir.

Bilbo se sauve encore.
Il grimpe jusqu'au grenier.
Où se cache Bilbo ?
Il n'est pas derrière
la grande boîte.
Il n'est pas derrière le coffre.

Je trouve Bilbo endormi
dans les vieux souliers de
grand-papa.

J'ai une idée. Je cours chercher
mes crayons. Je vais dessiner
mon chat.

Je montre mon dessin à Léo.
Il aime beaucoup mon dessin.
J'ai bien réussi.

Je donne mon dessin à Léo.
Il court accrocher mon dessin
dans sa chambre.

J'aime vraiment
les dimanches matin !

FIN !

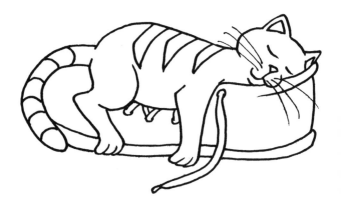

La course du matin

Mon père Reno court tout
le temps. Du matin au soir,
il court.

Le matin, mon père court : pour
se raser, pour se laver, pour se
peigner, pour déjeuner.

Ma mère court elle aussi.

Mes parents n'aiment pas être
en retard.

Je me lève avant
mon frère tous
les matins. J'aime
regarder mon père
et ma mère courir.

J'aime aussi jouer
des tours à mes
parents. Parfois,
je me cache
derrière le rideau
de douche. Parfois,
sous les coussins
du salon.

Parfois, je crie : « Bouh ! »
et ma mère a peur !
C'est tellement rigolo.

Parfois, mon père joue avec moi. Il me cherche dans la maison. Il dit : « Où est cachée Léa ? Où est cachée Léa la joie ? »

Quand il m'attrape, il me donne un baiser mouillé.

Il me chatouille et me prend dans ses bras.

Mon père dit toujours que je suis sa princesse, sa joie.

Ce matin, ma mère demande :
« Où est Léo ? »

Elle le trouve dans son lit :
« Debout, mon grand ! Vite,
nous allons être en retard. »

Léo aime dormir. Pour le
réveiller, je lui joue des tours.

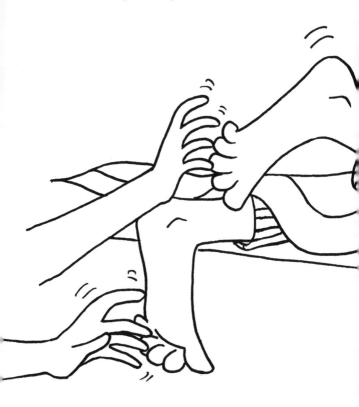

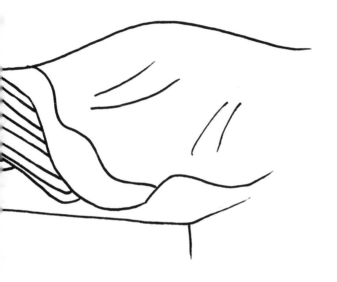

Je lui tire le nez, je lui chatouille
les orteils.
« Guili-guili ! »

Léo se lève tard, mais il n'est jamais en retard. Léo est comme mon père. Il court très vite.

Grâce à Léo, je ne rate jamais
l'autobus. Il court si vite qu'il
arrive toujours le premier.

FIN !

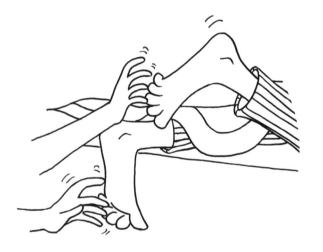

L'extraterrestre

Ce matin, mon frère Léo parle tout seul.

Après le déjeuner, il monte vite dans sa chambre.

Je suis mon frère en cachette. «Chuuut!»

Je colle mon oreille à sa porte fermée. Puis, j'entends Léo parler. Il dit des choses bizarres.

« Bla, bla, bla, biz, biz, zip, zap… »

J'entends beaucoup de bruit
dans sa chambre. Tout à coup,
Léo sort de sa chambre.
Il est très pressé.

Il descend l'escalier
à toute vitesse.

Je le suis toujours. Léo va
au sous-sol, puis au garage.
Il ouvre les portières de la
voiture, puis les referme très
fort. Léo est fâché. Léo ouvre
toutes les armoires. Il grimpe
sur l'escabeau de mon père.

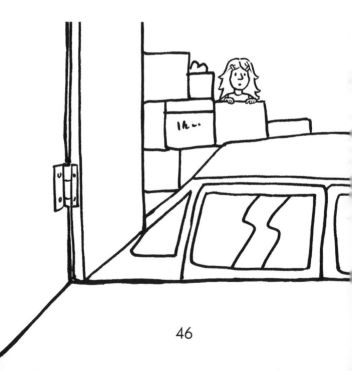

Il dit très fort : « Si tu
ne sors pas de là, j'appelle
la police ou l'armée ! »

Léo fait le tour de la maison.
Il cherche quelqu'un.
Mais qui ? Un ami ?
Un fantôme ? Un extraterrestre ?

Il cherche peut-être Carl,
son toutou vert avec des
antennes et trois yeux?

Léo aime inventer des
histoires. Il dit que son toutou
s'ennuie de son père.

Chaque jour, Léo demande si on a vu un vaisseau spatial.

Il croit vraiment que le père de Carl va arriver un jour.

Aujourd'hui, je crois que Léo a raison. Mon frère retourne dans sa chambre. Il parle encore tout seul.

Je cours chercher
mes parents.
On colle l'oreille
à la porte de la
chambre de Léo.

Mon père rit doucement.

Il va dans la salle de lavage
en riant de plus en plus fort.

Mon père revient alors avec
le toutou Carl. Il ouvre la porte
de Léo : « Léo, voici ce que tu
cherches. Je l'ai lavé. Je l'ai mis
à sécher… »

« Oh, merci Papa,
dit Léo. Ouf !
Je vais bien dormir
ce soir. »

J'ai compris !

Léo ne cherchait pas
un vaisseau spatial. Il ne
cherchait pas le père de
Carl l'extraterrestre.
Il cherchait et parlait
à son toutou.

Des amis d'une autre planète
vont peut-être venir lui rendre
visite. Nous ferons une
grande fête pour les recevoir.
« Hourra ! »

FIN!